PELA MOLDURA DA JANELA
& *outras histórias*

Lourdinha Leite Barbosa

PELA MOLDURA DA JANELA
& *outras histórias*

Prêmio Milton Martins de Contos
Academia Cearense de Letras

TOPBOOKS

GOVERNO DO
ESTADO DO CEARÁ
Secretaria da Cultura

Copyright © Lourdinha Leite Barbosa, 2011

Direitos de edição da obra em língua portuguesa no Brasil adquiridos pela TOPBOOKS EDITORA. Todos os direitos reservados. Nenhuma parte desta obra pode ser apropriada e estocada em sistema de banco de dados ou processo similar, em qualquer forma ou meio, seja eletrônica, de fotocópia, gravação etc., sem a permissão do detentor do copyright.

Editor
José Mario Pereira

Editora assistente
Christine Ajuz

Revisão
Adriano Espínola

Capa
Adriana Moreno

Diagramação
Filigrana

TODOS OS DIREITOS RESERVADOS POR
Topbooks Editora e Distribuidora de Livros Ltda.
Rua Visconde de Inhaúma, 58 / gr. 203 – Centro
Rio de Janeiro – CEP: 20091-000
Telefax: (21) 2233-8718 e 2283-1039
Email: topbooks@topbooks.com.br

Visite o site da editora para mais informações
www.topbooks.com.br

Ao Arnoldo, sempre,
e aos afilhados: Andrea, Rodrigo,
André, André Luís e Natália.

O ritmo em que gemo
doçuras e mágoas
é um dourado remo
por douradas águas.

Tudo, quando passo,
olha-me e suspira.
— Será meu compasso
que tanto os admira?

("Ritmo" — Cecília Meireles)

A tez, antes melancólica,
Brilha. A cara careteia.
Canta. Toca. E com tal veia,
Com tanta paixão diabólica,

Tanta, que se ensanguentam
Os dedos. Fibra por fibra,
Toda a sua essência vibra
Nas cordas que se arrebentam.

("A canção das lágrimas de Pierrot" — Manuel Bandeira)

Sumário

A VEZ DELAS
Pela moldura da janela, 19
As borboletas azuis, 23
Tentando acertar o passo, 29
"...mas que los hay, los hay", 35
Quadros em movimento, 41
Pontos e nós, 47
Desfazendo e refazendo, 53
Sonata para violino e três vozes, 59
Raios de sol, 65
Um copo que cai, 71
Casamento no campo, 75

A VEZ DELES
Entre imagens e letras, 81
Sapatos, pra que te quero? 87
Além das aparências, 93
Planejar para quê? 97
O envelope amarelo pardo, 105
A voz do silêncio, 111
Tempo de saudade, 115

DOIS PRA LÁ, DOIS PRA CÁ
Costurando a trama, 123
Descosturando a trama, 127
(Des)conto I, 133
(Des)conto II, 137

A VEZ DA ESCRITURA

Os contos de Lourdinha Leite Barbosa aproximam-se de um quadro, no sentido de que, a rigor, em vez de uma trama cerzida conforme a ordenação dos elementos — tempo, espaço, personagens, foco e discurso —, o que se impõe são filamentos de um instante em que se entrelaçam as personagens; em geral, quando estas deparam o grotesco, isto é, abrem-se à consciência de que, no mundo, as coisas não estão em harmonia, e, desse modo, os contrastes desequilibram as forças do cotidiano; este, antes, envolto em banalidades.

O conto de abertura do livro, sob o título "Pela moldura da janela", realiza-se na colheita de retalhos configuradores do dia-a-dia de uma personagem. Assim, um dado banal (o esquecimento de uma data de aniversário) é o ponto de partida para que a personagem, mergulhando em si mesma, e a si própria corroendo, possa vivenciar uma descoberta; — esta, aliás, já insinuada pela alegoria do título. Quanto aos expedientes estilísticos, o fato de inserir no território do foco os diversos discursos é algo singular:

"Não conseguia entender por que esquecera o aniversário dele. As justificativas não conseguiam abrandar a indignação do marido. Procure no consciente ou no inconsciente o motivo dessa falha! Escavou fundo e só encontrou a própria amargura: há muito não se sentia amada."

A tessitura dos contos de Lourdinha Leite Barbosa concentra-se, sobretudo, na valorização de detalhes; desse modo, elementos miúdos banham-se de importância, uma vez que compareçam no texto como delineadores do espaço ou da personagem: o azul das borboletas; os dados sobre os tabuleiros; a poeira que ensombra os móveis; a luz que atravessa a janela; uma lufada de vento. E como frequentemente a linguagem toca o poético, de tais minúcias emanam metáforas, ora de tonalidade sinestésica, ora paradoxal: "engolindo sons"; "murmúrio surdo". São, em verdade, pinceladas da escritura e tinge os textos de cores particulares, que dizem de um discurso personalíssimo.

A partir de uma expressão do cotidiano — fatos, seres ou paisagens —, Lourdinha Leite Barbosa tece comentários, de tom íntimo, acerca da inserção desses elementos na cena do dia-a-dia. Em suas narrativas, assoma a dimensão humana e universal; por conta disso, o espaço é tão-somente um recurso auxiliar da trama e não um determinante desta; na descrição daquele, em geral, imprime-se um forte lirismo e um acentuado cromatismo:

"Os raios de sol atravessavam o caramanchão de madeira, coberto de trepadeiras e salpicavam de pontos de luz os arranjos de flores do campo, que alegravam a vista e perfumavam o ambiente. O altar, coberto por uma toalha branca rendada e adornado por copos-de-leite aguardava o rito da sacralização da vida."

O estilo de Lourdinha Leite Barbosa é enxuto e preciso; às vezes, os períodos podem até ser longos, mas as frases serão sempre curtas, com a predileção pela construção direta e o predomínio da coordenação sobre a subordinação. De quando em vez, recorre ao emprego das expressões nominais, e a apreensão do sentido se dá por elipses mentais: "Discussões sem fim. As palavras iam e vinham..."; "Mais uma correntinha e, dentro de alguns dias, ela daria o ponto final. Penólope ao avesso". Mas nada de malabarismos verbais. A simplicidade da composição indica, porém, ser a linha vertical o caminho da leitura.

No processo de elaboração dos contos, não passa despercebida a escolha do foco narrativo, isto é, da voz condutora do enredo. Tem-se a sensação de que a temática indica a postura do narrador; ainda que haja uma clara supremacia da terceira pessoa sobre a primeira, ou seja, do ponto de vista externo sobre o interno, tal delimitação se dissolve, pois, deveras, pode-se afirmar que, sendo a angústia existencial uma temática recorrente, de que resulta uma intensa busca pelo sentido da vida, uma primeira pessoa se incrusta na pele do aparente narrador externo, pois, a intensificação do discurso indireto-livre e o expediente da polifonia fazem com que as vozes narrativas muito se aproximem da emoção do leitor, por conta da presença do tom confessional:

"Loira? Como as espigas, como os raios de sol e as moedas antigas. Ela sabia de cor esses versos desde criança, de tanto o irmão mais velho os repetir. Lembrava as brincadeiras de esconde-esconde, ele se escondia e dizia os versos, para que ela o encontrasse. Quando ela se aproximava, ele mudava de lugar e os repetia. Assim, ele a fazia rodar os quatro cantos da casa, até que a mãe brigava: já chega de tanta correria!"

Em síntese, os contos desse livro são a aventura do humano. Os aparentemente pequenos — no entanto, intensos — dramas existenciais motivam os enredos, fornecem o tom com que se revestirá cada narrativa. A linguagem surge naturalmente bem-cuidada; as palavras, postas no corpo das frases, deixam exalar musicalidade, ritmos que nos emocionam, que nos põem em deleite.

Laéria Fontenele
Psicanalista e professora do Curso de Psicologia da UFC

A VEZ DELAS

Minha tristeza não tem pedigree,
já a minha vontade de alegria,
sua raiz vai ao meu mil avô.
Vai ser coxo na vida é maldição pra homem.
Mulher é desdobrável. Eu sou.

("Com licença poética" — Adélia Prado)

Pela moldura da janela

Não conseguia entender por que esquecera o aniversário dele. As justificativas não conseguiam abrandar a indignação do marido, que não conseguia se controlar. Procure no consciente ou inconsciente o motivo dessa falha! Ela escavou fundo e só encontrou a própria amargura: há muito não se sentia amada. O amor é uma via de mão dupla, detestava essa história de que um ama e o outro é amado. Discussões sem fim. As palavras iam e vinham, engrossavam como uma torrente e afinavam como uma lâmina.

Ele arrumou a mala e foi para a casa da mãe. Ela deixou-se consumir pela culpa. Devagar a solidão foi-se instalando, armando a sua rede. Não mais queria ver os amigos. Inventava desculpas para não sair de casa. Ficava na cama lendo o dia inteiro.

Uma manhã, ao abrir os olhos, viu que as cores tinham sumido do mundo, ou melhor, restara apenas uma — a cinza. Como se alguém tivesse colocado uma gaze cinzenta sobre seus olhos. Desesperou-se e desesperou família e amigos. Não ficou um só oftalmologista fora da ciranda de consultas. Os diagnósticos eram quase sempre os mesmos: "Não sei explicar. A senhora não tem qualquer problema aparente, a não ser um astigmatismo insignificante". Se não eram os olhos, o que havia de ser? A alma com certeza. Só que consertar a alma era tarefa difícil.

Depois de algum tempo, sentia-se íntima da rica terminologia psicanalítica: castração, complexo de Édipo, recalque, projeção, conversão histérica. Das cores, no entanto, nenhuma notícia. Como última tentativa, procurou um centro espírita. Tomou passes e banhos, ingeriu chás e acendeu velas. Nada funcionou.

Até mesmo ir ao cinema já não lhe dava prazer algum, as imagens cinzentas a perturbavam. Só na literatura encontrava consolo, sua imaginação pintava fatos e paisagens. Os amigos, incansáveis, propuseram-lhe uma viagem. Para quê? Sem cores, qualquer lugar é o mesmo. Terminou deixando-se convencer.

A cidade era igual às outras e ela inventava pretextos para não sair. Ficava à janela do quarto imaginando as cores das fachadas das lojas e dos objetos ali expostos, que pareciam se oferecer ao toque das mãos. Observava os transeuntes que cruzavam a ruazinha estreita e se perguntava qual o drama que eles viveriam, se alguma grande tragédia ou apenas as miudezas do dia-a-dia, essas velhacas persistentes que minam os relacionamentos.

Acordou com os primeiros raios de sol, abriu a janela e foi surpreendida por uma cena inusitada: no apartamento em frente, um casal fazia amor com as janelas abertas. Sentiu-se atraída pela perfeição dos corpos em movimento e uma sensação de plenitude a invadiu. Longos eram os cabelos da mulher, ruivas faíscas sobre o lençol. O branco de sua pele contrastava com os escuros braços lascivos que a envolviam. Sentindo-se observada, a moça fechou a cortina. Percebeu, então, que a cinza cortina que recobria seus olhos havia-se rompido.

As borboletas azuis

A capela estava lotada. De pé, atrás dos últimos bancos, ela demorou o olhar sobre os presentes e não encontrou um só conhecido. De repente sentiu a antiga sensação de haver esquecido algo. Sem baixar a vista, vasculhou a bolsa em busca da chave, que trazia sempre consigo e relaxou quando seus dedos a encontraram.

Um comentário a trouxe de volta à realidade: "É triste ver pessoas muito idosas em missa de sétimo dia, seus olhos mostram a angústia de não poder parar o tempo". Pensou ser ela o alvo da observação, mas percebeu que a pessoa se referia a um velhinho que entrava amparado por uma jovem. Encolhendo-se, para não ser notada, esgueirou-se em direção aos primeiros bancos, lembrando os versos de Bandeira: "Quando a indesejada das gentes chegar...".

A entrada do padre — saltitante, com os cabelos desgrenhados e a batina em desalinho — provocou um murmúrio surdo. As pessoas sorriam esquecidas do motivo que as trouxera ali. Ela não pôde conter um leve sorriso. O morto talvez estivesse rindo da situação, ele sempre fora tão irreverente!

O espetáculo continuava imprevisível, ora o sacerdote acelerava o ritmo da celebração, atropelando palavras e engolindo sons; ora demorava-se nas sílabas, como se experimentasse a sonoridade de cada termo.

Na bênção final, ele proferiu uns grunhidos indecifráveis e saiu correndo, antes que uma forte chuva desabasse sobre a cidade. Só então ela se lembrou do que havia esquecido: o guarda-chuva.

Desceu do táxi queixando-se da memória e culpando a velhice. Velório, enterro, por que as pessoas queridas não eram perenes como alguns rios? Virou a chave e uma boca escura a engoliu. Acendeu as luzes, na ilusão de que assim povoaria a casa, mas o silêncio ampliou a solidão.

Não ia a cemitério, preferia as missas de sétimo dia. Ao voltar, executava sempre o mesmo ritual: retirava a agenda da gaveta da mesinha de cabeceira e passava o corretivo sobre o nome e telefone da pessoa querida que se fora. O ano mal havia começado, e o corretivo já estava quase no fim. Olhou longamente as borboletas azuis que leves esvoaçavam na capa da agenda, esse esvoaçar sempre a fascinara. Elas eram a comprovação de uma nova vida: antes, lagartas, arrastavam-se num mundo limitado e, de repente... as asas, o vôo.

Abriu a agenda e lá estava solitário o nome do amigo morto, todos os outros já tinham sido apagados. De um golpe, embranqueceu a página de vez. O velho sentimento de culpa dominou-a: era como se Oscar morresse de novo. Dessa vez era ela que o matava. Em incontáveis ocasiões, essas páginas a ajudaram a afastar a solidão. Pouco a pouco, as vozes foram se calando, a agenda embranquecendo, e ela sobrevivendo. Quando chegasse sua hora, cairia como um fruto maduro. E assim foi. Sem qualquer alarde, durante o sono, as borboletas pararam de esvoaçar.

Tentando controlar o tropel das recordações, o filho entrou na casa trazendo a filha menor pela mão, vinha cumprir a terrível missão de desalojar suas mais caras recordações. Ali, permaneciam intocadas sua infância e juventude, desaninhar uma ausência tão presente e violar seus segredos era abrir uma ferida ainda não sarada. Fotos, orações, documentos, já não tinham qualquer serventia. Por entre frestas, podia ouvir o ressoar da voz materna: "Não sei onde guardei aquelas fotos das bodas de sua tia Antonieta", "Veja esta foto de minha irmã Stela aos dois anos". Eram lembranças de uma vida, cujos personagens perderam-se no tempo.

Buliçosa, a menina abria e fechava gavetas sem que o pai, aprisionado no passado, percebesse. De posse da velha agenda, debruçou-se na cama e começou a escrever o nome e telefone de suas amigas sobre as linhas esbranquiçadas, avivando as borboletas azuis, que, levemente, retomavam seu voo.

Tentando acertar o passo

Irritada, joguei as fichas sobre a mesa. Eta! Vidinha besta! Assim era demais. Fingi fortaleza durante algum tempo, segurei o pranto o mais que pude. Tentei acertar o passo, porém fui levada pelo descompasso da turba indiferente, que redemoinhava numa velocidade alucinante. Só me restava a imobilidade, o sono. Deixei-me ficar submersa, sem pensar na vida, estendida na obscuridade do quarto durante dias, tendo que suportar o silêncio ensurdecedor do anoitecer. O lusco-fusco, para quem está com dor de cotovelo, é um veneno.

Antes havia o grupo e tudo era motivo para brincadeiras; mas, com a separação, ...puf! Os amigos se dissolveram no ar como uma bola de soprar que explode e deixa frustrada a criança que a segurava. Mas o que fazer? Sei lá! Com tanto faz, desfaz e refaz, perde-se o norte. Quando o vento muda a direção, não adianta espernear, o negócio é fingir-se de morto, esperar o vendaval passar e, se possível, pegar carona na cauda do próximo acontecimento.

Enquanto a solidão estirava lençóis e me induzia ao sono, o que restava de ânimo forçava-me a levantar. Ouvidos atentos ao tilintar, cada vez mais raro, do telefone. Todos tinham compromissos inadiáveis. O dia se alongava e meus passos se reduziam. A esperança me mandava jogar e esperar a virada da sorte.

Resolvi participar do jogo. As imagens coloridas do tabuleiro cumpriam sua função: atrair os incautos. Lancei com força os dados e os números não foram favoráveis, no entanto consegui avançar duas casas. Parei num programa de TV em que o entrevistado contava histórias sobre bate-papos na internet, dizia ter conhecido pessoas interessantes. Segui a trilha. Na primeira tentativa, achei tudo maçante, conversa fiada, imagens falsas, mas havia alguns sinais de vida. De peito aberto, dei as coordenadas: separada há pouco, formada em psicologia, coordenadora de eventos, apaixonada por cinema, música, literatura.

Para minha surpresa, as respostas saltitavam na tela. Todos se diziam grandes leitores e fãs das artes; mas, infelizmente, fui descobrindo que as afinidades não eram assim tão afins. A maioria nunca havia lido um livro. Sequer as orelhas. De cinema nem falar, mas quem não se aventura não come rapadura. Por várias vezes, fui obrigada a retroceder: "Cuidado, mau tempo! Volte duas casas e espere passar a tempestade". Fui aprendendo as artimanhas do jogo e até ganhei algumas partidas. Numa delas conheci João Carlos, especialista em informática.

O bate-papo on-line se amiudou e marcamos um encontro, porém, se pela internet a conversa era difícil, ao vivo não emplacava. Para falar a verdade, não havia uma conversa, nem tampouco rolava aquela química de que fala a canção: "I've got you under my skin." Os encontros se sucediam e eu sem graça. Algo me dizia que a jogada não era aquela, mas o fato de ouvir outra voz que não a minha, me fazia continuar tentando. Por fim as fichas caíram. Ele foi a minha casa para me ajudar a instalar um programa no computador e deu-me realmente uma grande "ajuda": levou minha impressora para consertar e até hoje ela não retornou.

Essa jogada me deixou tonta, porém o tabuleiro continuava a me seduzir com suas casas coloridas e, mais uma vez, voltei ao ponto de partida e girei os dados. Noite adentro, digitei palavras e símbolos em busca do outro. E eis que surgiu um personagem esférico: Gastão. Apaixonado por cinema conhecia todos os galãs e procurava imitá-los sempre que podia. De imediato, senti-me atraída por esse comediante de novelas, engraçado e irreverente. Mas logo fui advertida do perigo: "Atenção! Fique onde está durante duas rodadas." Meu erro foi não obedecer ao comando.

Gastão vivia uma suprarrealidade. No início, achei graça quando ele disse que o confundiam com Brad Pitt. Pensei ser apenas uma piada para impressionar as garotas, mas logo compreendi que a coisa era séria. De tanto fingir que era o astro holywoodiano, ele passou a viver a ficção. Alugava todos os filmes disponíveis do ator e passava horas no espelho estudando falas e gestos. O pior eram as situações criadas por ele a fim de repetir as frases decoradas. Fosse em casamento, batizado, jantar formal ou mesmo numa conversa com amigos, tínhamos que aturar diferentes personagens vividos por Brad Pitt. Já estava a ponto de enlouquecer, quando providencialmente fui lançada para trás: "Atenção! Não há como prosseguir. Volte dez casas!"

Saí do jogo numa jogada de sorte. Desde então abandonei o bate-papo eletrônico, mas os dados estão rolando e continuo tentando acertar o passo.

"...MAS QUE LOS HAY, LOS HAY"

Da noite para o dia a paisagem mudou. Operários iam e vinham num leva e traz sem fim. E eis que, no lugar das duas casas ajardinadas surgiu uma profunda escavação. Rapidamente o monstrengo começou a erguer-se: estreito e comprido. Todas as tentativas de embargar a obra foram inúteis.

Uma poeira fina cobria móveis e invadia frestas, e o constante baticum impedia qualquer tentativa de sossego. Mas tudo isso não era nada, se comparado às mudanças ocorridas no comportamento dos moradores. Antigos hábitos tiveram de ser abandonados: ninguém mais circulava só de roupa de baixo ou saía do banheiro enrolado em toalha. Agora, a preocupação era com cortinas e janelas. Cuidado! Feche a cortina. Está muito quente! Abra a janela só um pouquinho. A primeira providência foi colocar uma película escura sobre as vidraças, mas essa solução trouxe novos problemas: quando se fechavam as janelas, era preciso acender luzes e ligar ventiladores ou aparelhos de ar-condicionado.

Numa tarde de muito calor, ela estendeu-se na cama depois do almoço e cochilou com a janela aberta. Despertou assustada, ao ouvir alguém chamá-la da construção. Como eles podiam saber seu nome? Olhou em direção ao espigão e deu de cara com um homem, cujo olhar zombeteiro a incomodou. Não podia ser, estava muito estressada, tudo não passava de preocupação.

Um corre-corre sem fim, preparando a excursão dos garotos, a fez esquecer a maldita construção. Aproximou-se da varanda para fumar e assustou-se: o prédio estava cada vez mais próximo do seu. Conseguia até enxergar as horas no relógio do pedreiro que se debruçava no parapeito do outro lado. Notou, inclusive, que a pulseira de couro preto estava bastante desgastada pelo uso. O homem levantou a vista e ela sentiu um calafrio. Havia algo desagradável na aparência dele. Onde tinha visto aquele rosto pequeno, os olhos puxados, a pele escura e peluda? Ele se parecia com um animal que ela, no momento, não conseguia lembrar.

Observando com desdém aquela estrutura descarnada, vieram-lhe à mente os versos do poeta português: "Semelham-se a gaiolas com viveiros,/ as edificações somente emadeiradas". Tentou lembrar os versos seguintes que comparavam os pedreiros a... a quê? Não lembrou. Melhor parar com aquilo, já que nada mais podia ser feito.

Ao anoitecer, pensou ter visto uma ave enorme entrando e saindo pelos buracos escuros da construção. Estaria vendo coisas? Tratou de terminar o trabalho e perdeu a noção do tempo, quando se deu conta era quase meia noite. Correu para a cama, pois teria que acordar cedo no dia seguinte.

Acordou de madrugada com a sensação de estar em um navio à deriva. Num impulso sentou-se na cama e não acreditou em seus próprios olhos: o esqueleto de tijolos estava colada à janela do seu quarto, emparedando-a.

Desesperada, acendeu a luz e viu o apartamento ser tomado por um bando de morcegos com caras humanas que voavam numa enorme algazarra.

Pela manhã, ela foi encontrada com um relógio de pulseira preta puída na mão, repetindo sem cessar: "Como morcegos, ao cair das badaladas,/ saltam de viga em viga os mestres carpinteiros".

Quadros em movimento

A mala voltara quase vazia, mas a mente, repleta. Visitara museus, bibliotecas e livrarias.

O pequeno quadro, presente de um amigo, foi acomodado entre os inúmeros que pendiam assimetricamente da parede da sala. Encontrar um espaço ali era quase impossível. Afastou-se para ver o resultado e teve a impressão de que algo se movera. Aproximou-se com medo de que fosse um inseto. Não viu nada.

Os quadros mais antigos se alargaram e forçaram os mais recentes a se comprimirem. Nesse empurra-empurra, alguns se inclinaram. Ingrid percebeu um leve rumor e recolocou-os em seus lugares. As cinco mulheres de branco que se dirigiam às suas casinhas, no quadro de moldura negra, assustaram-se com o movimento e apressaram o passo.

A luz atravessou a janela e pousou sobre o quadro em que uma moça caminhava por uma rua ensolarada. Ela estancou, largou a cesta que mantinha encostada ao quadril e rodopiou sobre o calçamento irregular.

Ingrid pôs um CD de Chico Buarque e iniciou uns passos de dança. As pessoas do quadro em tons vermelho e negro, que observavam uma festa popular, voltaram-se e a aplaudiram com entusiasmo. Sem perceber o que se passava na parede de sua casa, Ingrid apanhou as ilustrações que trouxera do Museu d'Orsay e estendeu-se no sofá abaixo do quadro em que um pintor fazia seu auto-retrato. O pintor abandonou palhetas e tintas, debruçou-se sobre a moldura e passou a observar, junto com ela, as reproduções.

Um forte sopro de vento alçou as cortinas e avivou as figuras de todos os quadros. As três mulheres que conversavam, ao lado de grandes cestos cheios de conchas, despiram suas longas saias, retiraram os panos da cabeça e correram, numa nudez branca, em direção ao mar. Ao mesmo tempo, as pessoas do quadro abaixo, que caminhavam com tranquilidade ao lado do Sena, puseram-se a correr confusas em diferentes direções. Já não obedeciam aos limites impostos pelas molduras. Aprisionadas no tempo, não sabiam para onde ir ou o que fazer. Atônitas, descobriam um novo mundo.

Uma mulher que parecia ter saído de uma revista de modas da década de cinquenta falou num bom francês para um enorme galo que se mantinha parado: "Por que você não se move?" O galo mexeu a cabeça e respondeu em português: "Estou nesta posição desde 1972, não consigo mexer as pernas."

De repente, formou-se um grande círculo e reclamações de toda ordem foram ouvidas em diferentes línguas, mas todos se entendiam: "Fui paralisada enquanto caminhava para casa", "Estou há anos sem tomar banho", "Não sei o que foi feito da minha família", "Nem pudemos entrar em casa, depois da festa de Iemanjá", "Quantos anos se passaram? Continuo jovem e minha filha deve estar velha", "Por que fomos aprisionados?", "Eu nunca terminei meu auto-retrato. Temos que fazer alguma coisa".

Durante a confusão uma moldura caiu. Ingrid levantou-se atordoada. Estava mesmo precisando descansar, suas pernas pareciam não lhe pertencer. Apanhou o quadro e, ao colocá-lo de volta, parou perplexa: sua parede estava coberta de molduras, cujas telas não tinham qualquer vestígio de tinta.

Pontos e nós

Enquanto o marido trabalhava no computador, ela fazia um pulôver de crochê para ele. Vez em quando, o observava sem que ele percebesse. O barulho leve das teclas dava-lhe uma sensação de bem-estar. Se pudesse voltar ao passado, viveria tudo outra vez. Fora uma paixão desenfreada, daquelas que consomem corpo e mente.

Não conseguia se concentrar no trabalho. Estava assim desde o instante em que o vento trouxera aos seus pés uma página do romance que ele estava escrevendo e, distraidamente, ela a apanhara e começara a ler. À proporção que seus olhos avançavam, mais ela ficava confusa e não conseguia ordenar os pensamentos. Tudo porque Árimo, o personagem principal, dizia não ter certeza de seus sentimentos. Dividido entre a paixão e o amor, ele tinha dúvidas se o que o atraía nessa nova mulher era apenas o desejo de recuperar velhas sensações vividas com aquela com quem casara.

Idiota! Até uma criança percebe que Árimo tem as mesmas letras de Mário, além do mais este não é nome de gente. Não conseguia entender por que seus sentidos sempre tão aguçados não tinham dado nenhum sinal de alerta. Não percebera qualquer mudança nele. Mas era natural que na chamada idade do lobo ele quisesse mostrar virilidade. Seria a outra uma ninfeta? Nessa idade os homens tentam recuperar a juventude conquistando mulheres muito jovens.

Precisava recobrar os pontos perdidos, e para isso nada melhor do que agulha e fios. Quando criança, a avó lhe ensinara a crochetar os momentos difíceis até transformá-los em pontos de equilíbrio e tranquilidade. Vasculhou armários e gavetas em busca das agulhas mágicas que ela lhe deixara de herança e, munida do fio da paciência, deu início à arte de prender. Ponto preso, ponto segredo. E entre laçadas e nós, rapidamente, foi tecendo pontos altos, fechados juntos, e emendando pontos de esperança.

— Mário, como está o romance? Você já tem uma previsão para entregá-lo ao editor?

— Que nada! Estou num grande impasse. O personagem não quer caminhar com as próprias pernas.

— Acho que terminarei seu pulôver antes.

Retomou a agulha e sentiu que as linhas de sua face se descontraíam. Mais uma correntinha e, dentro de alguns dias, daria o ponto final. Penélope ao avesso. Tinha pressa de terminar e unia frente e verso com nós górdios, impossíveis de desatar. Seus dedos moviam-se com agilidade da esquerda para a direita, mais um bloco de ponto alto e, quando ele menos esperasse, estaria definitivamente enredado.

Aproveitando um cochilo dele, leu as últimas páginas digitadas. Não havia progresso, mas Árimo (que nome horroroso!) estava desconfiado de alguma coisa que a outra havia dito. Tudo apenas sugerido, não conseguia entender do que se tratava.

Pela manhã, intensificou o trabalho: uma corr. com 67 p. na ag. para crochê nº 3.00mm. Esperaria que ele saísse para a costumeira caminhada e vasculharia as páginas anteriores. Dito e feito: ali estava o fio da meada: "Ela mudou muito nesses vinte anos, com frequência discorda das minhas opiniões. Tem as dela e as defende com fortes argumentos, embora neles se possa vislumbrar aquele ardor juvenil. Será que a amo mais por isso? Porque vejo na mulher madura de hoje uns resquícios da menina ingênua de ontem?".

Levou alguns segundos para entender que a outra e a mulher com quem ele se casara eram a mesma pessoa. As duas eram uma só. Tudo não passara de um problema de comunicação, não devia ter-se deixado enganar por um fragmento de texto. Toda a aflição e a angústia, as laçadas e os nós tinham sido em vão? Não, eles tinham cumprido sua função: reforçar os laços. Guardou agulhas e fios, dobrou o pulôver e, quando ele abriu a porta, caminhou, feliz, em sua direção.

Desfazendo e refazendo

À Ana Maria Furtado Cavalcante

Ela seguia o marido que não largava o celular. No início se chateava: "Esquece esse celular, eu pareço uma idiota atrás de um idiota mor." Era sempre assim, os negócios não podiam esperar e o telefone só voltava para a pasta, quando o avião alçava voo.

    Cumprimentou uma conhecida que entrava na sala de espera. Encontrou duas cadeiras vazias e fez o marido sentar-se, puxando-o pela camisa. Enquanto ele tagarelava ao telefone, ela abriu a bolsa, retirou algumas páginas do que parecia ter sido um livro e começou a ler. A moça, que a cumprimentara há pouco, aproximou-se: "O que você está lendo?" Ela se assustou: "O último livro de Mia Couto." "E onde estão a capa e o resto das páginas?" "Estão em um saco plástico dentro da bolsa." "Como?" "Isso é uma longa história."

    Suspenderam a conversa porque os passageiros foram chamados. A moça saiu apressada: "Depois eu quero saber o motivo da mutilação do livro". Ela apenas sorriu, essa palavra não mais a deixava constrangida. De tanto ser interrogada, acostumara-se com o fato, mas dar explicações a cansava muito. Qualquer dia, escreveria um texto contando tudo, tiraria cópias e as entregaria a quem perguntasse.

O marido, que continuava grudado ao telefone, fez menção de ajudá-la com a bolsa, mas, num movimento rápido de corpo, colocou o ombro na alça sem dificuldade e o acompanhou. Essa tinha sido outra aprendizagem: só pedir ajuda em último caso.

Ao se aproximarem da porta do avião, o marido finalmente desligou o celular. Depois de acomodados, ele quis saber por que a moça tinha falado em mutilação. Ela respondeu rapidamente e tentou concentrar-se na leitura, embora soubesse que ele não deixaria. Já que não podia usar o maldito celular, ficaria puxando conversa, porém, naquele momento, ela só queria saber como a protagonista iria sair da situação complicada em que tinha se metido. Melhor seria ele tomar um uísque pra relaxar e ocupar as mãos.

Olhando o marido que cochilava, pensou no longo caminho que juntos haviam percorrido, sua história com certeza daria um romance. Esse problema que a obrigava a desmontar livros seria apenas um curto capítulo.

Quando sentiu os primeiros sintomas, não tinha ideia da duração da doença, pensou que fosse uma dor passageira e procurou formas de curá-la, mas os esforços de fisioterapeutas e médicos foram inúteis. O diagnóstico caiu como um raio: "Seus braços não suportarão nem mesmo pequenos pesos". Pensou ser exagero, mas, aos poucos, sua mente foi clareando e ela pôde avaliar a situação. Nem mesmo um livro? Nem mesmo um livro! Ah! Não ficaria sem seus livros! Eram eles seus companheiros diários. Eles a acompanhavam ao dentista, ao médico. Eram eles que enganavam o tempo, a insônia, o medo de avião. Eles a faziam rir e chorar. Em sua companhia frequentava ambientes santos e profanos, convivia com pessoas de diferentes classes e caracteres e aprendia lições de vida. Impossível viver sem eles! Acharia uma solução para sustentá-los.

Colocou o livro sobre a mesa e começou a ler. Tão fácil! Estava resolvido o problema. Ledo engano! O recurso logo se mostrou insuficiente: a posição não era confortável, suas costas doíam e ela, que sempre lera na cama, logo se cansou. Tentou deitar-se, e apoiar o livro no corpo, mas seus braços não suportaram muito tempo.

Então inventou uma geringonça complicada, composta por duas correntes, pendentes do teto, cujas garras sustentavam o livro à altura de seu rosto. A solução também não foi aprovada; porque, se ela o soltava, ele girava e fugia do seu alcance. Dura era a batalha. Se não podia ler em casa, como fazer para levar o romance para consultórios médicos, odontológicos ou para outros lugares, como sempre fizera? Todos sabiam que em sua bolsa nunca faltava um livro.

Já estava desesperando, quando de repente teve um *insight*: romances não eram publicados em capítulos? Os famosos folhetins esperados ansiosamente por nossas avós? Aí estava o ovo de Colombo. Por que não pensara nisso antes? Poucas páginas não a incomodariam. Vibrou com o achado, pois a essa altura, já tinha certeza de que a situação era irreversível.

A primeira vez que desmembrou um livro, sentiu a estranha sensação de estar cortando algo vivo e, a partir de então, passou a ter dificuldade de acompanhar o enredo dos romances, como se a fragmentação do objeto interferisse na compreensão da história, mas essa também foi uma fase superada.

Guardou as páginas que estavam no seu colo e preparou-se para a aterrissagem. Logo mais, estaria visitando fábricas em busca de material para sua clínica de livros. Tinha sido uma grande idéia desenvolver um trabalho que recuperasse os danos que ela, involuntariamente, provocava. Hoje não só desfazia livros, mas também os refazia.

Sonata para violino e três vozes

PRIMEIRO ANDAMENTO: LENTO

Uma lufada de vento mais forte pode revolver camadas de tempo e reavivar acontecimentos esquecidos, esmaecidos como o brilho das estrelas nos céus das cidades grandes. Basta uma memória privilegiada e um incidente qualquer para trazer à tona fatos ocorridos num passado distante.

Aqueles foram dias de sorrisos, festas e casamentos. Todas as moças solteiras da pequena cidade estavam ansiosas por mostrar seus dons para o canto, a dança, as prendas domésticas, tudo para atrair o olhar do jovem promotor que retornava depois de anos de estudo. Mas foi Melinda que, sem qualquer esforço, o fisgou. Ela mal completara dezesseis, ele já se aproximava dos vinte e cinco, mas isso pouco importava. Dentro de um ano tornaram-se marido e mulher.

A festa de casamento foi assunto de serões noturnos, de fofocas diurnas, mas nenhuma novidade dura para mais que uma semana, e as pequenas cidades precisam de novas notícias que as alimentem. Nas reuniões familiares ou rodas de calçada uma interrogação insinuava-se devagarzinho: uma criança estaria a caminho? Vez por outra, alguém dirigia uma pergunta direta a Melinda. Ela sorria e negava com um movimento de cabeça.

Eles planejavam ter muitos filhos. Ambos vinham de famílias pequenas, ele tinha somente um irmão e ela, duas irmãs. A mais velha já desistira de casamento e contentava-se com ajudar a mãe nos afazeres domésticos e sonhar com a chegada dos sobrinhos. A mais nova, Marissol, logo seria uma bela mulher, assim profetizava a cidade inteira. Esperassem uns dois anos e estaria pronta para o casamento. Ela, no entanto, tinha outras intenções e, embora admirasse o cunhado, com quem discutia questões que o deixavam preocupado, como o voto feminino, não entendia por que o casamento era o destino de toda mulher. Por quê? Seria essa a única opção de ser feliz? Devia haver algo errado com ela, porque a palavra felicidade dava-lhe a impressão de leveza e suavidade.

O avô ensinara-lhe a tocar violino e sempre que conseguia descobrir novos acordes sentia-se flutuar. A mãe reclamava, lembrava seus deveres, mas ela só pensava no violino e na agradável sensação de deixar-se transportar pela música para planos desconhecidos.

Depois de dois anos, Melinda já não sabia o que responder às constantes interrogações sobre a vinda de um herdeiro, mesmo porque a ciência não lhe oferecia qualquer resposta. O marido a cobria de carinhos; a mãe acendia velas, emendava uma novena na outra e o pai, sabiamente, repetia: "Não há pressa, tudo tem sua hora."

E o tempo, em seu eterno escoar, trouxe a esperada hora. O alvoroço foi geral e, quando a emoção cedeu, todos cuidaram dos preparativos. Nenhum detalhe foi esquecido. As bordadeiras gastavam a vista e os dias a enfiar agulhas e puxar linhas num trabalho delicado e sem fim. A cidade parecia ter esquecido as pequenas intrigas do dia a dia para fazer previsões sobre o sexo do bebê.

Melinda começou a sentir as primeiras contrações ao amanhecer. Ao meio dia os gemidos e o corre-corre já indicavam preocupação. Ao anoitecer toda a cidade rezava e a parteira e o velho médico da família confabulavam entre si. A madrugada trouxe um só choro: de vida e de morte.

SEGUNDO ANDAMENTO: LIGEIRO

As atenções das duas famílias concentraram-se no recém-nascido, elas suspenderam a dor e entregaram-se à vida. As avós entravam e saíam da casa do neto, mas foram as duas tias que se dedicaram à criança em tempo integral. O pai não conseguia trabalhar, quase não comia e pouco dormia.

Marissol e a irmã dormiam mal. Atentas a qualquer movimento do sobrinho, ouviam os passos insones do cunhado, até alta madrugada, no corredor e jardim. Raramente ele pegava o filho no colo, mas passava horas ao lado do berço sem dizer palavra.

A tranquilidade foi retornando e Marissol só tinha olhos e braços para Rafael. O violino envelhecia na escuridão do armário, na casa dos pais; enquanto ela cantava para ninar o filho internalizado.

À noite, a conversa entre os cunhados se alongava, enquanto a irmã mais velha dormitava na cadeira. Sem perceber, Marissol passou a comandar a casa.

Ninguém se surpreendeu, quando, um ano e meio depois, Artur atravessou a cidade com o velho violino de Marissol embaixo do braço.

Raios de Sol

Loira? Como as espigas,/ como os raios de sol/ e as moedas antigas. Ela sabia de cor esses versos desde criança, de tanto o irmão mais velho os repetir nas brincadeiras de esconde-esconde. Ele se escondia e gritava os versos. Ela corria tentando encontrá-lo. Quando ela se aproximava, ele mudava de lugar e os repetia. Assim, ele a fazia rodar os quatro cantos da casa, até que a mãe ralhava: "Já chega de tanta correria!"

Sempre acreditou que o irmão tinha feito aqueles versos para ela, por isso ficou perplexa quando um colega de classe tocou nos seus cabelos e disse: *Loira? Como as espigas,/ como os raios de sol/ e as moedas antigas.*

Olhou-o, assustada. "Onde você ouviu isso, Zeca?" "Na biblioteca, encontrei num livro de poesia e acho que foram feitos para você." Ela não acreditou, pensou que fosse mais uma brincadeira do seu irmão, mas ele estava distante, morava em outro estado.

Vamos, diga a verdade! Ele riu — a verdade é esta. Ela sentiu uma sensação de perda, semelhante à sofrida quando descobriu que Papai Noel não existia. Era tão ingênua que nunca desconfiara de que os versos não tinham sido escritos para ela.

Vanessa se aproximou, e Cristina disfarçou. As duas eram inseparáveis, como café e leite. Cristina era o leite: branca, loura e espilicute. Vanessa era o café, mas sem cafeína. Ao contrário da amiga, pouco falava e quase não tinha amigos. A cabeleira negra e ondulada, por mais que ela a penteasse, estava sempre em desalinho e por isso os meninos a chamavam de "moita". Ao ver Cristina conversando com Zeca, quis saber o que se passava.

Somente Cristina sabia que Zeca era a paixão secreta de Vanessa e, para não magoá-la, omitiu parte da conversa que tivera com ele. Falou dos versos e da decepção de saber que não eram do irmão. E onde o Zeca entra na história? Ela titubeou, não podia falar que ele achava que os versos eram perfeitos para ela. Disse-lhe o que lhe veio à cabeça: Você não lembra que eu disse esses versos na sala de aula? Ele ouviu e descobriu que estavam num livro da biblioteca. Vanessa fitou-a e não disse nada.

No dia seguinte, ao entrar na sala, Cristina ouviu: "*Loira? Como as espigas... Como os raios de sol/ e as moedas antigas*," era Zeca outra vez. Pediu-lhe que parasse com aquilo e entrou na sala. Vanessa pareceu não ter escutado, virou-se para Cristina e falou: Que tal um cineminha à noite, com direito a esticada, jogos, chocolate e pipoca lá em casa? Combinariam tudo no intervalo. Porém, como sempre, durante o intervalo, Cristina não teve tempo para a amiga. Os colegas não a largavam. No final da tarde, as duas arrasaram no voleibol; a torcida, no entanto, só enxergava os longos cabelos de Cristina presos em um rabo de cavalo e gritava em coro: "Loura! Loura! Loura!"

As duas saíram juntas, mas Vanessa se chateou porque Cristina disse que a mãe não queria que ela dormisse fora. Por fim, as duas conseguiram dobrá-la: É na casa da Vanessa, Mãezinha. Não precisa se preocupar.

Assistiram a uma comédia e não pararam de rir. Em casa, continuaram a farra até quase meia-noite. De repente, Cristina lembrou-se da eleição para rainha da escola. Precisava conversar com a mãe na manhã seguinte e dar uma resposta aos organizadores antes do meio-dia. Vanessa não disse uma palavra.

Cristina acordou às dez horas e viu que a cama ao lado já estava vazia, a amiga tinha madrugado. Levantou-se e fez o costumeiro gesto de pentear os cabelos com os dedos. O chão lhe faltou e um grito de pavor acordou toda a casa: seus longos cabelos louros tinham sido cortados e se espalhavam sobre o lençol.

Um copo que cai

Subiu na cadeira para apanhar o copo de cristal azul que estava na prateleira, mas não conseguiu alcançá-lo. Hesitou. Estava a ponto de desistir. Resolveu fazer mais uma tentativa. Ele era tão lindo! Ficou na ponta dos pés e, com dificuldade, segurou o objeto desejado. Não chegou a usufruir o prazer de contemplá-lo, ele lhe escapou dos dedos e se espatifou no chão. Assustada ela se desequilibrou e também teria caído não fossem umas mãos rápidas que a seguraram a tempo:

— Cuidado, Mariana, você vai se machucar!

A mãe a reteve nos braços, ela fez beicinho e caiu no choro.

Casamento no campo

As coisas não estavam fáceis, o marido trabalhava na marcenaria o dia inteiro e o filho o ajudava sempre que podia, mas já estava na hora de ele seguir seu próprio caminho. Há tempos vinha-se preparando para isso. Reunia-se, amiúde, com os companheiros, porém, neste fim de semana, ele não poderia fugir a um compromisso: acompanharia a mãe em um casamento.

Maria estava feliz. Os noivos eram seus vizinhos e as famílias estavam ligadas por fortes laços de amizade. Ela sabia das dificuldades enfrentadas por eles e do esforço despendido para realizar esse sonho. Os jovens se amavam desde a adolescência, mas só há pouco tempo tinham conseguido emprego e decidido casar.

Chegaram cedo. Os raios de sol atravessavam o caramanchão de madeira, coberto de trepadeiras e salpicavam de pontos de luz os arranjos de flores do campo, que perfumavam o ambiente. O altar, coberto por uma toalha branca rendada e adornado por copos-de-leite aguardava o rito de Sacralização da vida. A simplicidade do campo contribuía para a harmonia geral.

Ao terminar a cerimônia, os noivos foram carregados por um grupo de jovens que, ao som de instrumentos de corda, dançavam e entoavam cânticos. Ninguém conseguia ficar indiferente a tanta alegria.

Na sala, moças e rapazes serviam vinho e salgados; no quintal, espetos de tenra carne assavam ao calor das brasas. Na animação, as taças de vinho eram esvaziadas rapidamente. Alguém avisou aos donos da casa que o vinho estava acabando. Aflitos, eles não sabiam o que fazer. Percebendo a angústia dos amigos, Maria saiu à procura do filho: Faça alguma coisa, disse-lhe. Ele respondeu que a sua hora ainda não era chegada, mas ela tanto insistiu que ele providenciou. As garrafas vazias foram postas sob a torneira e o vinho voltou a circular. Surpresos, os convidados comentavam: Em qualquer ocasião, serve-se primeiro o bom vinho. Por que eles deixaram o melhor para ser servido por último?

A VEZ DELES

O homem com a flauta
é meu susto pênsil
que nunca vou explicar,
porque flauta é flauta,
boca é boca,
mão é mão.
Como os ratos da fábula eu o sigo
roendo inroível amor.
O homem com a flauta existe?

("Uma vez visto" — Adélia Prado)

Entre imagens e letras

Com esforço, abriu os olhos. Esperou acordar de vez. Restos de sonho se confundiam com os ruídos da manhã, enquanto imagens e letras dançavam em sua cabeça.

Ao entrar na cozinha, a mulher se voltou surpresa: "Já acordado?". Respondeu, engolindo o café: "Hoje, decidiremos a publicação da nova revista". Já atravessava a porta, quando ela gritou: "Não esqueça o seu filho!" Puxa! Logo hoje tinha de levar o garoto à escola. Arrastou-o, ainda cochilando, até o carro.

Equilibrando-se entre imagens, letras e sinais de trânsito, estacionou em frente ao colégio. O garoto saiu numa desabalada carreira, sem que ele pudesse detê-lo. Tentou acompanhá-lo e quase foi atropelado por um grupo de palavras que se embaralhavam em sua mente. Indiferente aos gritos do pai, o menino estancou diante de uma pilha de revistas em quadrinhos que um rapazote arrumava na calçada. De repente, imagens e letras confundiram-se de vez. Já não eram somente os olhos do menino que devoravam as revistas; o pai, deslumbrado, não conseguia afastar o olhar delas.

Como em um filme rebobinado, elas o levaram de volta aos dias quentes do sertão. O calor, a terra vermelha, a claridade do céu e a esperança de que nuvens escuras peneirassem gotas sobre o chão esturricado. Imagens desbotadas de um tempo em que, como a ceifeira de Pessoa, julgava-se feliz.

Foi a água que fez girar as rodas do seu destino. Manhãs cedinho, lá iam os dois em direção ao açude; cangalha no lombo do jumento, sobre ela o irmão menor; dos lados, a borracha para apanhar água.

Dizia o povo que o prefeito estava construindo um desvio para que os pobres chegassem ao açude, sem passar por suas terras. Enquanto isso não ocorria, o monturo da casa dele era o seu paraíso. Já que sabia de cor todas as revistas dos amigos, aquele lixo o atraía como os tesouros, os piratas.

O irmão não se interessava por quadrinhos, mas ele não pensava noutra coisa, insistia tanto com a mãe que, vez por outra, ela fazia uma extravagância: deixava de comprar alguma necessidade para lhe dar uma revistinha. Doce inconsciência! Só hoje se dava conta do quanto aqueles trocados lhes faziam falta. Por sorte os filhos do prefeito também eram viciados em quadrinhos, que, depois de lidos, eram incinerados no terreiro dos fundos, num grande buraco, junto com as coisas sem préstimo.

Todos os dias, a caminho do açude, parava ao lado do monturo, esperando que alguma revista tivesse se salvado do incêndio totalmente ilesa, mas raramente isso acontecia. As queimaduras variavam entre segundo e terceiro graus e recompor as sequências narrativas exigia um grande esforço.

Para dar continuidade às páginas destruídas, começou a criar situações e diálogos e a dar nova forma ao enredo original. Cada página chamuscada era reescrita de acordo com os fiapos de narrativa que tinham restado e, aos poucos, a cidade grande — espaço em que, geralmente, ocorriam os acontecimentos — foi sendo substituída pela cidadezinha onde nascera e da qual nunca havia saído.

As personagens passaram a identificar-se com os habitantes daquele pequeno mundo. Era o verdureiro que esperava o dia amanhecer para espiar a jovem mulher do médico à porta, em sua camisola transparente ou o padre que, quase madrugada, fingia jogar cartas com a mulher de seu amigo inseparável ou ainda o agricultor que, todos os dias, maquinava uma maneira de livrar-se do jugo do patrão, mas nunca conseguia pôr em prática o intento.

Às vezes, perdia noites de sono procurando uma invenção que preenchesse com coerência a página chamuscada e a preocupação com a fábula e os diálogos era tanta, que nem se lembrava das imagens, mesmo porque ele só sabia narrar.

À noitinha, um bando de meninos da vizinhança juntava-se em frente à pequena casa para ouvir as histórias. E foram se acostumando. O novelo se desfazia e refazia, e a meninada aumentava ao seu redor: era a magia e o deslumbramento provocados pela palavra.

Um puxão na camisa trouxe-o de volta. O filho mostrava-lhe, excitado, três revistas, cujos heróis pareciam robôs.

Sapatos, pra que te quero?

Ele parecia trazer a alegria guardada na camisa. Quando entrava, os rostos se iluminavam e um largo sorriso tomava os presentes. Nós meninas, se estávamos descalças, corríamos em busca dos sapatos: "Calma, moçada, ainda estou a caminho e vocês já pensam em carinho!" A resposta era uma estrondosa gargalhada.

Esconder sapatos e sandálias das garotas, para melhor ver seus pés, era sua brincadeira preferida. Evitávamos ficar descalças na sua presença e, mesmo quando íamos tomar banho de mar, mantínhamos as sandálias longe dele. Difícil era conseguir impedi-lo de examinar nossos pés, discorrer sobre os detalhes, a beleza de cada um e evitar as carícias e os beijinhos estalados. Os meninos mostravam os pés, louvavam suas formas e ele lhes respondia: "Vocês não têm noção do belo. Seus pés são grandes e grosseiros. Pés de macho! Os pés femininos são delicados e despertam nossa sensibilidade."

Toda a turma achava graça, fazia pilhéria e divertia-se a valer. Isso fazia parte do seu show. Onde estivéssemos, se alguém falasse em pé, um coro de vozes bradava: "PÉÉÉPAAAULO!" Ele próprio incentivava os gracejos: "Vou comprar uma grande sapataria e passar o dia inteiro acariciando os pés femininos mais sensuais da cidade!"

— Você vai é tirar bicho de pé, calo ou se especializar em chulé!

E as gargalhadas se prolongavam. Até que uma ponta de tragédia surgiu da comédia: Paulo se apaixonou por um pé proibido. A moça era bem mais velha e o marido, extremamente ciumento. A turma não considerou o aspecto trágico e continuou a zombaria. Ele foi-se afastando, saindo da nossa vida, até sumir de vez.

O tempo teceu novas lendas e as antigas foram jogadas no porão da memória, onde permaneceriam até que um fato novo as trouxesse de volta à circulação. Foi o que aconteceu. Eu estava numa roda de amigos, quando alguém contou a história de um rapaz que, num coquetel, olhava insistentemente para seus pés. Incomodada, ela mudou de lugar, mas o sujeito a seguiu e deu um jeito de dizer-lhe que ela tinha pés lindos. Surpresa, a mulher resolveu gracejar e disse-lhe que devia usar óculos, pois até joanete ela tinha. Sem dar importância à resposta, ele insistira: "Seu marido deve ser louco por seus pés." Irritada ela respondeu: "Meu senhor, meu marido nem sabe que eu tenho pés!"

A história foi motivo de muitas risadas e comentários sobre fetichismo. Lembrei-me imediatamente de Paulo e tentei saber mais detalhes sobre o homem, a moça não sabia e o assunto morreu. No dia seguinte, telefonei para amigos comuns em busca de notícias, mas todos estavam interessados na própria vida.

Hoje, surpreendi-me com a foto dele estampada no jornal. Embora os olhos parecessem assustados, ainda restava um ar maroto sob as marcas do tempo. Sob o título "O que um belo pé não é capaz de fazer", o jornalista contava, com ironia, detalhes do caso. Dizia não ser a primeira vez que o comerciante Paulo Pedrosa perseguia mulheres com a intenção de beijar-lhes os pés. Chegara a ponto de abordar senhoras em lugares públicos. Dessa vez a coisa tivera consequências sérias. Uma moça, a quem ele havia dado carona, apavorou-se com a avidez com que ele se lançara aos seus pés, beijando-os com sofreguidão. Saltou do carro, dirigiu-se à delegacia e acusou-o de tentativa de estupro. Por mais que ele dissesse que só estava interessado nos seus pés, ela não arredava pé e insistia na acusação. O delegado procurou conter os ânimos, porém o acusado, na tentativa de reconstituir os fatos, caiu aos pés da mulher que, num salto, sentou-se sobre eles e assim permaneceu durante todo o depoimento.

Além das aparências

A mente carregada de loucos pensamentos na constante tentativa de captar o mais leve estado da alma daquela mulher cujo corpo ele já possuía.

Noites indormidas no afã de preencher a falta. O poeta quinhentista já compreendia que o Amor exige corpo e alma: "Se nela está minha alma transformada, que mais deseja o corpo de alcançar?". Ele, ao contrário do poeta, só tinha o corpo da mulher amada, mas não possuía sua alma. Então ele não tinha nada, somente um invólucro sem conteúdo. Ele e o poeta estavam insatisfeitos, porém sua situação era mais difícil, porque ele não sabia o que se passava na alma de sua amada.

Sai como um louco, observando as mulheres que se desdobram em busca da vida, enquanto escondem nos bolsos seus sonhos mais caros. Que sonhos ela guardaria? A vida o condenara a desvendar esse mistério. Logo ele que tinha dificuldade de entender a realidade. Fora sempre enganado pelas aparências que velam os olhos e embotam os sentidos.

À noite, cresce a ânsia de tê-la por inteiro, de ultrapassar a matéria e chegar à essência que se oculta sob aquela pele suave. Ela, com seu passo de nuvem e olhar de poço profundo continua seu viver, inconsciente do conflito que provoca no marido. Cansada da luta diária, despe os restos do dia e deixa-se ficar sob a água tépida que acaricia seu corpo. Vê, com indiferença, as falsas promessas de produtos recomendados por estrelas sobre a bancada do banheiro, e descobre nos olhos que a observam do espelho o desgaste provocado pelo fluir do tempo.

Renovada, estende-se sobre a cama. A um simples toque, imagens e palavras saltam sobre ela, penetrando-a sem carícias. Possuída por furacões, terremotos, tsunamis, enchentes, guerras e fome, cai extenuada. Quando tenta recuperar-se, é perseguida por línguas de fogo e explode em mil fragmentos. Outro toque no controle remoto desliga a realidade.

Na madrugada, ele demora o olhar sobre a mulher que, aparentemente tranquila, dorme ao seu lado. Cobre-lhe o rosto com o lençol, consciente da impossibilidade de desvendar-lhe a alma.

Fazer planos, para quê?

Sentia-se em estado de graça. Tinha conseguido a bolsa de estudos para os Estados Unidos, e o pai prometera que, se tudo corresse bem, quando voltasse, o velho carro seria dele. Na verdade, o carro estava muito conservado e poucos dos seus amigos tinham um. Os dias que antecediam a viagem pareciam não ter fim, se pudesse os comprimia como se fossem foles de um acordeom.

Finalmente o *constellation* levantou voo. Estava tão excitado que não parava de fumar. Um colega do grupo de estudantes deu-lhe um calmante, mas ele não conseguiu dormir. Talvez, quando estivesse em terra firme, o formigamento desaparecesse.

O avião ainda estava em processo de aterrissagem, e ele já estava em pé. A aeromoça o fez sentar-se novamente. Já no aeroporto, teve que responder a um interrogatório sem fim. Eles faziam perguntas e mais perguntas a seu respeito, mas ele desconfiava que estavam interessados em saber sua posição política. Tinha certeza de que só os latinos eram inquiridos daquela maneira. Policiais circulavam por toda parte em consequência dos conflitos raciais que assolavam o país.

Os passageiros foram saindo e ele já estava inquieto, quando um homem alto e sorridente se apresentou, dizendo ser seu hospedeiro. Enquanto se dirigiam para casa, ele ia mostrando a cidade. Tudo era grande e espaçoso: casas, praças, avenidas, edifícios. Tão diferente de sua terra!

Chegaram a uma bela casa e a família veio recebê-lo: "Sinta-se em casa, pois este será o seu lar e esta sua outra família!" Ficou encabulado, assim exposto a todos os olhares. Lembrou-se do leilão de gado que tinha ido com o pai quando criança e dos consequentes pesadelos por causa de um grande touro, que todos queriam ver. Ficou com pena dele, ali parado e um mundo de gente se comprimindo ao seu redor. Não queria ser aquele touro que, vez em quando, voltava a seus sonhos, preferia ser um cavalo selvagem. Livre, solto nas montanhas, que, à mínima aproximação de pessoas, afastava-se num louco galope.

A imagem se dissipou e estendeu sua mão para todos: um rapaz, uma moça, uma garota e uma senhora ainda jovem e bonita. Foi novamente bombardeado com perguntas sobre seu país, sua cidade e sobre ele próprio.

O desassossego voltou no instante em que subia para o quarto, que compartilharia com o irmão temporário, no andar superior. A escada não tinha fim, o fôlego acabava, as pernas pesavam, arriaria a qualquer momento. Precisava, com urgência, de um cigarro, mas não conhecia os costumes da casa.

O rapaz caiu na cama e adormeceu; ele, no entanto, permaneceu de olhos abertos, acompanhando o barulho do vento nas frestas das janelas. O ruído foi-se transformando num sussurro: "Volte para casa, volte... volte..." Tentava se concentrar na dança das sombras, porém o vento repetia a cantilena: "Volte, volte, volte..." Levantou-se pé ante pé e foi à varanda fumar. Teve a sensação de estar sendo vigiado e sob a fraca iluminação, divisou um vulto colado ao muro, segurando uma arma.

Acordou nas primeiras horas da manhã, com o corpo dolorido e a boca seca. O "irmão" ressonava, e ele foi novamente à varanda ver se o homem da arma continuava lá. Não havia ninguém; pareceu-lhe, no entanto, que algo se mexia entre os arbustos. Estavam tramando contra ele e não descartava a possibilidade de os familiares estarem mancomunados com eles. Eles quem? Só poderia ser a CIA.

Desceu sem fazer barulho e procurou o escritório. Nas paredes havia escudos militares e sobre a mesa fotos do dono da casa vestido com o uniforme do exército. Abriu alguns Atlas e constatou que a América Latina estava sob um círculo vermelho. Então era isso, estavam pensando que ele era um espião. Pressentindo a presença de alguém, virou-se de uma vez. O dono da casa estava de pé à porta. Disse que caminhava todos os dias, bem cedo, hábito adquirido no exército. Se quisesse, podia pegar qualquer livro, embora soubesse que a literatura militar não era muito atraente.

Durante o café da manhã, puxou o assunto da América Latina e o dono da casa aproveitou para falar de uma pesquisa que havia realizado sobre o povo latino e sua cultura, citou inclusive, lendas e costumes. O que ouviu aumentou sua aflição. Voltou ao quarto e encontrou o "irmão" falando ao telefone embaixo do lençol. Pedia desculpas a alguém por não ter telefonado na noite anterior. O motivo tinha sido a chegada do estudante brasileiro. Botou a cabeça para fora e disse: "Estou falando com minha namorada." Ele não acreditou.

Passou a primeira semana em busca de pistas. Dormia pouco, fumava muito e não conseguia esconder sua excitação. A cabeça latejava. O círculo! Tinha que furar o círculo! A qualquer hora dariam cabo dele. Já conhecia a estratégia: o dono da casa devia mantê-lo sob vigilância, numa espécie de prisão domiciliar, enquanto o filho passava as informações a CIA por telefone, e a filha mais velha registrava tudo com sua máquina fotográfica. Até a garotinha e seus amigos levavam correspondência em suas bicicletas. Só escapava a jovem senhora, parecida com a mãe dele, que era obrigada a cozinhar para todos. Eles fingiam preocupação, perguntavam o que estava acontecendo, o que ele estava sentindo. Empurravam-lhe comida. Balela!

Tudo teria dado certo, se o vizinho não tivesse entrado sem avisar e encontrado toda a família amarrada. Ele fora obrigado a explicar-lhe o que se passava, mas o vizinho parece que fazia parte do bando, pois prometeu ajudá-lo e, ao invés disso, chamou uma ambulância. Só que eles não contavam com sua reação. Trancou-se no quarto, fez barricadas com o auxílio de móveis e recusou-se a sair.

Abriu os olhos e reconheceu o pai, angustiado quis saber como ele tinha conseguido chegar tão rapidamente. Que dia é hoje? Uma enfermeira lhe respondeu que há uma semana ele estava no hospital. O pai o abraçou e disse que tudo estava bem, que ele precisava repousar, para poderem voltar para casa. Antes de fechar novamente os olhos, ele ainda falou: "Pai, nós não vamos conseguir, o Lyndon Johnson mandou avisar que não vai deixar."

O envelope amarelo pardo

O envelope amarelo pardo tinha chegado fazia uns três dias e continuava no mesmo lugar. No momento em que o recebeu, verificou a assinatura do remetente e, com as mãos trêmulas, largou-o sobre a mesa sem coragem de abri-lo.

A figura magra do poeta, sua irreverência, seus loucos amores circulavam em sua cabeça desde então. Há algumas semanas, encontrara-o numa mesa de bar e ele lhe pareceu feliz. Coerente e feliz em sua loucura. Confessou que estava vivendo uma paixão absurda e extemporânea. Jurou que era correspondido e que a pessoa estava morando com ele, só não sabia até quando duraria. E citou Vinícius: "Que seja infinito enquanto dure".

Não o viu mais. E agora esse envelope... A luta entre a curiosidade e a vontade de fazer durar o mistério impedia o viver cotidiano. Não contou o fato a ninguém, queria usufruir em silêncio essa distinção. Era uma espécie de prêmio ser contemplado entre todos os amigos. De vez em quando, dava uma olhadela para ver se o envelope continuava no mesmo lugar, ele o atraía como a sereia, o pescador. A coisa estava se tornando mórbida.

Resolveu telefonar para os amigos na esperança de ouvir algo que pudesse esclarecer o mistério, mas não havia nada de novo, a mesmice de sempre dominava os mortais. Decidiu sair um pouco, pois os amigos já andavam desconfiados, fazendo-lhe perguntas.

Foi a todos os lançamentos de livro e ouviu as mesmas conversas. Ao entrar em casa, apalpava o envelope, examinava-o contra a luz, passava-o de uma mão para outra, achava que era um livro, mas o que o intrigava era a mensagem. Passou a dormir tarde e a sentir insônia, mas o pior foram as visões. Mesmo em lugares públicos, lá estava ele, com seu paletó branco, sorrindo ao longe. Fechava olhos e, quando os abria, avistava-o de costas, conversando com amigos, os cabelos muito brancos. Num impulso, caminhava naquela direção, mas a imagem se dissipava como uma bolha de sabão.

No dia em que lhe deram a notícia, entrou em choque. Nunca passara por sua cabeça que ele pudesse ter uma morte violenta; aliás, nunca pensara nele como um mortal. A Fortuna, que comanda a existência, num átimo cortara o fio em que se equilibrava o poeta. O que sentira ele no instante em que Ela, com um sopro gélido, desmaterializou-o e liberou seu espírito? O impacto do carro contra seu corpo magro arremessou para longe a bolsa em que guardava esperanças, alegrias, dissabores, culpa e medo, e toda a riqueza amealhada ao longo dos anos se espalhou no asfalto. O poeta ficou estendido no chão. Sua voz calou-se, mas sua poesia permaneceu viva e, através dela, ele pôde abrir um canal de comunicação com o infinito.

Essa perda minou sua pouca sanidade mental e a chegada do envelope pareceu-lhe uma resposta a seus questionamentos sobre a existência de algo mais além desta vida tortuosa. O mistério... talvez não houvesse mistério algum. O mais provável é que tivesse ocorrido apenas um atraso nos correios. Essa sua mania de querer encontrar enigma em tudo deixava os companheiros enlouquecidos.

    Abriu o envelope como se estivesse violando algo sagrado e retirou de dentro o último livro de poemas do amigo. Procurou em suas páginas um cartão, uma carta, ou mesmo um bilhete. Nada. Na primeira página estava a dedicatória que, na realidade, era uma despedida. O poeta lhe agradecia por tudo, não só pela ajuda material, mas principalmente pelo carinho e afirmava que nunca esqueceria sua generosidade. Com certeza, os amigos não veriam assim, mas ele estava certo de que "existem mais coisas entre o céu e a terra do que nossa vã filosofia pode imaginar".

    Quando lhes contou seu sacrifício, eles deram boas risadas. Muitos deles também haviam recebido a correspondência, e as palavras de agradecimento do poeta eram praticamente as mesmas. Parece que ele voltava do correio, quando ocorreu o acidente.

A voz do silêncio

Todas as tardes à janela. A cadeira em que subia para sentar no peitoril já tinha a marca de seus pés. A mãe, num entra e sai da cozinha, olhava-o de esguelha, preocupada, e continuava seus afazeres. Tinha mandado colocar a tela de proteção, porque ele teimava em espiar pela janela, desde que o pai tinha ido embora.

Cada vez que vinha à sala, a mãe lhe dirigia algumas palavras, mas o filho não respondia, sequer virava a cabeça. Sem se importar, ela continuava seu monólogo. Como não tinha dinheiro para um tratamento, pediu à psicóloga do colégio que conversasse com o menino. A moça fazia o possível, mas o tempo de que dispunha não era suficiente.

Nos últimos tempos, a relação entre marido e mulher tornara-se tensa por causa da bebida. Tudo começou com insultos e desaforos; em seguida, vieram as ameaças e os empurrões e, por fim, ele bateu nela sem piedade. O menino pôs as mãos nos ouvidos, correu para o quarto e se meteu embaixo da cama. Foi assim que a mãe o encontrou e essa foi a última vez que ele viu o pai.

Ao voltar da escola com o filho, assustou-se com a quantidade de pessoas que se amontoava em frente ao edifício. Dois policiais contaram que um vagabundo meio louco, morador de rua, tinha forçado sua entrada no edifício, como uma senhora tentara impedi-lo, ele a cortara com um caco de vidro. Queriam saber se já tinham visto o homem. Diante da negativa dela, um deles perguntou ao menino, pois tinham sabido que ele passava a tarde observando a rua. Ele olhou para os policiais como se não tivesse escutado, por mais que eles tentassem não recebiam resposta. Saíram recomendando reforçar portas e janelas.

Logo que eles sumiram, o menino escalou a janela e lá ficou encarapitado, sem dar bolas para os reclamos da mãe. Ela não tinha a quem recorrer, o marido tinha-se evaporado. Nunca mandara qualquer notícia. Nos primeiros dias, ele ficara inquieto à espera da chegada do carteiro; mas, aos poucos, fora-se fechando e deixando que a decepção o dominasse até chegar a esse mutismo aterrador.

Toda aquela confusão tinha deixado o menino mais agitado e teimoso. Não queria descer da janela nem para tomar banho, ela não sabia o que fazer. Enquanto preparava o jantar, não o perdia de vista. A noite chegou e ele lá, no seu posto de observação.

Uma grande gritaria alarmou os moradores. Ela correu em direção ao filho, que excitado destravou a língua: "Não deixa, mãe! Não deixa!" Ela viu os dois policiais conduzindo um homem mal vestido, que parou bem em frente a sua janela. Descontrolado, o menino gritou: "É o pai, mãe! É o pai!"

Perplexa, tentou acalmá-lo. Meu filho, este homem não é o seu pai. Não conseguia entender por que o menino insistia em dizer que aquele estranho era o pai. O homem não tinha qualquer semelhança com o seu marido. De súbito, compreendeu o significado de tudo: o desejo.

Tempo de Saudade

Eles foram chegando aos poucos, acompanhados ou não, e mergulhando num mundo de imagens fugidias de um tempo distante: Você se lembra da Sara? Ela namorava o Júlio, que fazia Economia. Nunca mais soube dela. Lembro bem dele. Parece que o vejo entrando na festa dos calouros, com um colete de losangos coloridos que lembrava um pierrô. E a Darlene, casou com o "Fogo Eterno"? Você se lembra de cada coisa! Por que o apelido? Porque o coitado não conseguia terminar a faculdade, ia ser jubilado. Sabe a novidade? O Jorge finalmente deixou o armário e prometeu aparecer hoje aqui. Ele vai muito bem, tanto no trabalho quanto na vida afetiva.

Por falar em vida, ela fizera estragos em uns e tratara bem outros. Paulo conserva vestígios da farta cabeleira, do tempo em que fazia parte do grupo vocal "Boca da Noite", e seus olhos ainda guardam aquele ar carente que conquistava os corações das meninas. Afonso enriqueceu, cresceu o bolso e a barriga, já não há quaisquer resquícios do galã de antigamente. Apresentou a nova mulher, uma garota inexpressiva que em nada lembra a exuberância de Rachel. Ah! Rachel! Personagem de tantos sonhos! Zeca, ao contrário, continua fiel à Fátima, sua primeira mulher, de quem a nova companheira é cópia fiel. Isso é que é paixão! É como se o tempo não tivesse passado; a semelhança é tanta que causou certo mal-estar.

O sucesso da noite ficou por conta de Estrela e de seu belo marido, ela está tão jovem quanto ele, parecem pertencer à mesma geração. E a nota de tristeza ficou por conta da partida inesperada de João Carlos devido a uma overdose.

A emoção do reencontro foi, aos poucos, suspendendo o presente e trazendo de volta o passado. Eram os jovens da década de 60 que retornavam, irmanados, ao tempo da bossa nova: "Vai minha tristeza e diz a ela que sem ela não pode ser". Alguns cantavam, outros tinham a palavra cortada antes mesmo de proferi-la, mas ninguém se importava.

Todos falavam ao mesmo tempo. As palavras não podiam mais ser contidas, iam e vinham, se cruzavam, se interpenetravam e confundiam-se com os versos das canções. Tempo bom aquele! Acreditávamos que a felicidade estava ao alcance da mão... "Lembra que tempo feliz. Ah, que saudade...". Também havia muito preconceito e discriminação, mas não existia essa violência urbana e se podia caminhar pela cidade. Bons tempos! Tempos do amor do sorriso e da flor... "A felicidade é como a gota de orvalho numa pétala de flor..." e das noitadas sem fim. Quem ouve você falar, pensa que tudo era perfeito. Na verdade, mudava-se da paixão para a dor de cotovelo num piscar de olhos. É... vivia-se entre a paixão e a fossa! "Mesmo a tristeza da gente era mais bela...". E alguns chegaram a se suicidar, contudo as vivências foram enriquecedoras, não se pode negar que aqueles foram os tempos! Tá tudo ali, cara, é só apertar o botão! Que botão? Da

História. Qual o movimento musical brasileiro mais importante que a Bossa Nova? E que se fez respeitar no exterior? "Vai, meu irmão, pega esse avião, você tem razão de correr assim...". E a Nara, a eterna musa, quem não se apaixonou pelas pernas dela? Puxa! Cara, nós amávamos aquele fio de voz. É, mas foi o João Gilberto que quase enlouqueceu para inventar a batida da Bossa. Falando em tom, o Tom Jobim foi de todos eles o mais homenageado, grandes nomes da música internacional o reverenciaram: Frank Sinatra, Ella Fitzgerald, Sara Vaughan, Stan Getz e muitos outros. "Vou te contar, os olhos já não podem ver coisas que só o coração pode entender...". O Vinícius também, o poeta da paixão! Saravá! Até hoje guardo como uma relíquia o filme *Un homme et une famme*, do famoso cineasta francês Claude Lelouch, em que ele e o Baden arrasaram, cantando o *Samba da Bênção*. É claro! Quem poderia esquecer? O cinema lotado e todos nós inchados de orgulho. Foi o Vinícius quem inaugurou a moda do casa-descasa e o estado de paixão constante. Quantas vezes ele casou? Só Deus sabe! Mas hoje ele perderia para alguns de nós. "E uma grande lua saiu do mar. Parece que este bar já vai fechar".

 E a noite entrou no dia. Enquanto a dona da casa tentava ordenar o caos, apanhando copos e garrafas, os garotões de ontem mal conseguiam ficar de pé, mas traziam os olhos cheios de sol, de mar, de saudade, da *Insensatez* de querer que o corpo de hoje acompanhasse o ritmo de ontem: "É, meu amigo, só resta uma certeza. É preciso acabar com essa tristeza. É preciso inventar de novo o amor".

DOIS PRA LÁ, DOIS PRA CÁ

(...) o amor
é isso que você está vendo:
hoje beija, amanhã não beija,
depois de amanhã é domingo
e segunda-feira ninguém sabe
o que será.

("Não se mate" — Carlos Drummond de Andrade)

Costurando a trama

Como não? Tenho comido o pão que o João amassou e vem minha mãe falar em caridade cristã. Caridade uma ova! Por que, durante o tempo em que eu padecia da descaridade ou incaridade dele, ela não se manifestou? Ninguém intercedeu por mim. Agora é tarde, o cão já mordeu a língua, a boca entortou de vez e eu quero é que o Saci perca a outra perna. Quem mandou pegar no pote se a rodilha era alheia? Meu nome é Ariel, mas qualquer semelhança com Abel é mera sonoridade.

Na verdade fui usado, sugado e descartado. É a velha lógica capitalista: primeiro o lucro, depois o irmão. Enquanto ele explorava somente minha força de trabalho, eu até suportava; mas querer explorar o corpo de minha mulher é fratricídio. Foi aí que eu virei monstro de sete cabeças com um só pensamento: dar o troco. Costurar a trama, tecer o fio que o enforcaria, ou melhor, acabaria com a macheza dele para sempre. Longe de mim uma atitude violenta. Tinha que ser algo suave, mas definitivo. Se, sem o uso de qualquer ferro fui ferido, aquele que me feriu também sem ferro será ferido. E isso eu sabia como fazer.

Fechei a boca, para que as moscas não espalhassem meu propósito e no lusco-fusco, quando cachorro se confunde com ovelha, fui ao encontro da pessoa que sabia/queria/podia fazer: uma mandingueira. Reconhecida por ter esgotado a macheza do ex-marido, costumeiro domador de sereias e serpentes, hoje afastado do ramo, sem que mulher donzela alguma consiga curá-lo.

Não demorou e eu tinha à disposição o material necessário. Confiado nos cem anos de perdão e na mágoa de uma amante desprezada, consegui alguns artigos de uso pessoal do meu irmão. O mais difícil foi encontrar as palavras mágicas exigidas pela bruxa. Uma bruxa moderna, bonita e inteligente, que jamais será queimada na fogueira (a bem da verdade devo informar que ela me enfeitiçou). Tais palavras não podiam ser desgastadas pelo uso ou por bocas de inferno, eu devia resgatá-las, em toda sua pureza, no repertório infantil.

As palavras ganham o mundo e os mais diversos sentidos; mas, às vezes, esses sentidos se perdem pela vida ou se transformam. Isso me confunde, não consigo saber quando elas são antigas com um novo sentido, novas com um sentido antigo ou totalmente novas. Quando penso que as conheço, elas me dão uma rasteira.

Em uma difícil empreitada, consegui recuperar algumas do esquecimento e descobrir outras recém-criadas. Depois de inúmeras tentativas, cheguei à fórmula definitiva. Já nem sei quais as escolhidas, nem a ordem em que foram pronunciadas, só sei que o efeito foi devastador.

Depois de todo esse sacrifício, vem minha mãe falar em piedade! Perdoá-lo, já perdoei; mas não tenho poderes para desfazer o sortilégio, mesmo que eu queira, pois a mandinga é de renovação constante, fazê-la estancar significa ir além dos limites hoje conhecidos. Ela devia estar feliz, afinal ainda resta ao seu filhinho o desejo.

Descosturando a trama

Olhando para trás, posso dizer que a tragédia se avizinhava desde o dia em que a conheci. Coisa do destino, já estava tudo determinado: dor, prazer e culpa, em enormes proporções.

Meu irmão sempre fora um *bon vivant*, enquanto tentávamos manter os minguados lucros, ele os dissipava numa farra sem fim. Minha mãe fingia zangar-se, mas um beijinho e uma palavra carinhosa eram suficientes para afastar a tempestade. Coisa de menino, essa fase vai passar! Passavam-se os dias e o menino não se dava conta de quanto era desmedida a sua conta.

Cada mês do ano tinha um nome de mulher, e de mulher bonita! De muitas, nem ele se lembra, embora tenha nos apresentado como "noivas". De outras, lembro vagamente, porque o grande amor durou um pouco mais. Todas elas (e minha mãe) tinham esperança de casamento.

Ela foi-nos apresentada num sábado de muito sol. Comemorávamos, no sítio, o aniversário de uma das minhas filhas (já nem sei de qual delas, porém a cena me ficou impressa na memória): ele chegou, sem avisar, abraçado à noiva do mês. Os raios de sol nos seus cabelos e sua ofuscante beleza me deixaram encandeado. Ela era diferente em tudo das costumeiras noivas de Ariel. O que ela vira nele?

Resolveram passear de lancha na lagoa e lá fui eu no cortejo. Numa manobra arriscada de Ariel, tentando impressionar, a moça se desequilibrou e caiu. Imediatamente eu saltei e, quando a tomei nos braços, uma corrente elétrica percorreu-me por inteiro. Ela me olhava assustada e eu não conseguia falar. Naquele instante eu soube que estava perdido para sempre.

Da noite para o dia ele mudou de conversa. "Mulher minha não trabalha" já não fazia parte de seu repertório, e um grande sorriso colou-se ao rosto de minha mãe. Em breve casariam e Elisa continuaria em seu emprego, preparando-se para um curso de pós-graduação, era essa a conversa da família. Só eu não acreditava naquela felicidade e sofria minha culpa em silêncio, desejando que ele cansasse de fingir e ela descobrisse sua verdadeira face antes do casamento. Só assim eu teria a chance de revelar meus sentimentos.

Uma gravidez inesperada transformou em pó minhas esperanças. Elisa teve que adiar os planos e cuidar da criança, enquanto Ariel flanava o dia inteiro e eu sofria uma terrível depressão, cujo motivo ninguém entendia, embora eu afirmasse ser culpa do trabalho.

Não tardou e a família começou a segregar que Ariel e Elisa brigavam feio. Ele não admitia que ela voltasse a trabalhar. Se você tem uma criança para cuidar e eu posso sustentá-las, por que manter esse empreguinho?

O susto desequilibrou o sorriso que se grudara no rosto de minha mãe desde que seu caçula fingira ter crescido. Com rezas fortes e conselhos, a boca voltou ao lugar: Elisa aceitou dar um tempo. Mas, a cada dia, o sorriso despreocupado de minha mãe ia-se transformando num rito de ansiedade. Por medo de me denunciar, deixei de ir às reuniões de família, mas ficava feliz ao saber que ela sempre perguntava por mim. Embora não nos víssemos, Elisa continuava a frequentar meus sonhos todas as noites.

 Enfim o que todos comentavam e a família fingia não notar veio a público: Ariel desrespeitava a mulher. Se você insiste tanto em manter essa "merdinha" de emprego é porque deve ter um amante por lá! Dessa vez estava difícil, Elisa não arredava pé. O sorriso se despregou da cara de minha mãe e a boca entortou de vez e, na condição de irmão mais velho, fui forçado a ter uma conversa dura com ele: Como pode tratar assim sua mulher? Você não havia prometido que ela continuaria trabalhando depois de casada? Isso foi antes de o nosso filho nascer, a situação mudou. Não seja criança, você acaba perdendo sua mulher. Não se meta, cuide da sua vida que eu sei cuidar da minha!

 Segui o conselho, mas cuidar da minha infeliz vida implicava interferir na dele. Dei tempo ao tempo e tentei sufocar minha dor. Raramente a encontrava e quando isso acontecia, eu inventava um motivo qualquer para fugir dela. Não tinha coragem de enfrentar a situação, mas sabia que era forte demais. Diz o ditado que quem puder fuja de uma paixão; nós não conseguimos. Durante um longo tempo, permanecemos no olho do furacão. Consumidos pelo fogo, descemos ao inferno e subimos ao céu. O tempo apagou o escândalo, e amadureceu as chamas.

(Des)conto I

À moda Pedro Salgueiro

Estava estendido no chão sobre uma poça de sangue. Sentia o desconforto de ter a camisa embebida pelo líquido pegajoso. Apalpou a ferida do lado esquerdo do peito, próxima ao coração. O círculo de pessoas ao seu redor se fechava, mas ninguém o ajudava. Fez um enorme esforço e sentou-se, tentando lembrar o acontecido, mas as imagens se embaralhavam em sua mente. As pessoas formavam uma barreira compacta. Quase sufocado, conseguiu levantar-se. Era preciso refazer os passos para entender o motivo daquela situação.

Com o ombro direito abriu caminho, enquanto comprimia o ferimento com as duas mãos. As pessoas pareciam não vê-lo, continuavam correndo em direção ao círculo.

Cambaleando, conseguiu chegar ao apartamento. Retirou a chave do bolso e, mal deu os primeiros passos, ouviu a voz da mulher: "Ainda bem que você chegou. Já estou quase pronta."

Constatou que o sangue havia estancado. O ferimento tinha sido superficial, no entanto não conseguia lembrar o que ocorrera. Melhor não falar para Helena, ela não iria entender essa amnésia repentina logo hoje, um dia especial para eles. Tomou um banho rápido e vestiu a roupa que ela já havia colocado sobre a cama.

Teve uma sensação de *déjà vu*, quando a mulher apareceu usando um vestido azul turquesa, que realçava sua pele clara. E também tinha certeza de que, a seguir, ela perguntaria aonde iriam jantar. Realmente ela se aproximou, beijou-lhe levemente os lábios e sussurrou: Aonde iremos?

No restaurante, cumprimentou o *maître* e encaminhou-se para a mesa que lhes estava destinada. Não permitiria que um acidente qualquer (por que não conseguia se lembrar?) atrapalhasse a comemoração dos seus dez anos de casamento. Tinham pensado em tudo e, para ficarem mais à vontade, haviam mandado os dois filhos passar o fim-de-semana na casa da avó materna.

Durante o jantar, brindaram o futuro e renovaram votos e promessas. Helena deixava a luz incidir sobre o anel que encontrara, ao acordar, sobre o travesseiro. Ele fez questão de preencher o cheque com a caneta que ela pusera ao lado da sua xícara no café da manhã. Tudo perfeito.

Saíram abraçados e entraram no carro. Um homem aproximou-se da janela com um revólver na mão: Passassem dinheiro e celulares. Eles obedeceram prontamente, mas o brilho do anel de Helena atraiu o bandido, que tentou arrancá-lo com violência. A dor a fez gritar. Assustado, o marginal disparou e fugiu. Num impulso, Rogério saiu em seu encalço. O ladrão virou-se e fez um segundo disparo. As pernas de Rogério se dobraram e seu corpo, lentamente, estendeu-se no meio da rua.

(Des)conto II

Estava estendido no chão sobre uma poça de sangue. Sentia o desconforto de ter a camisa embebida pelo líquido pegajoso. Apalpou a ferida do lado esquerdo do peito, próxima ao coração. O círculo de pessoas ao seu redor se fechava, mas ninguém o ajudava. Fez um enorme esforço e sentou-se, tentando lembrar o acontecido, mas as imagens se embaralhavam em sua mente. As pessoas formavam uma barreira compacta. Quase sufocado, conseguiu levantar-se. Era preciso refazer seus passos para entender o motivo dessa situação.

Com o ombro direito abriu caminho, enquanto comprimia o ferimento com as duas mãos. As pessoas não o viam, continuavam correndo em direção ao círculo.

Cambaleando, dirigiu-se ao letreiro luminoso "Noite Adentro" e, na entrada, constatou que o sangue havia estancado e a dor era suportável. O ferimento tinha sido superficial.

Teve a impressão de *déjà vu*, ao cumprimentar o *barman* e perguntar por Matoso. Sabia de antemão a resposta: "Está nos fundos te esperando". Também antevia a cena: uma mesa coberta com feltro verde e, ao redor dela os jogadores de sempre: Matoso, Armando, Ferreira e Maldonado. Quando entrou, todos o cumprimentaram. Matoso parou de arrumar baralho e fichas, num movimento rápido puxou a cadeira vazia para que ele se sentasse.

Alta madrugada, a pilha de fichas em sua frente aumentava e a atmosfera se tornava cada vez mais densa:
— Quem está no jogo? Silêncio. Armando encolheu-se na cadeira. Maldonado e Ferreira negaram com a cabeça. Matoso tirou o talão de cheque da bolsa, onde guardava o revólver, e disse: "Eu jogo."

Não se sabe por que, nesse momento, entrou Benvinda, mulher de Matoso, que ficou de pé ao lado do marido. O silêncio cresceu, podiam-se ouvir as batidas dos corações. Matoso se mexeu na cadeira e pediu cartas. A mulher fez um gesto, como se quisesse encher o copo dele, já vazio.

— Porra! O que você quer aqui? E um safanão jogou-a contra a parede.

Ele levantou-se e agarrou Matoso pelo colarinho, tentando sufocá-lo. O barulho das fichas caindo misturou-se ao pranto da mulher que, com voz trêmula, pedia calma: "Por favor, acalmem-se. Vocês sempre foram amigos."

Desvencilhando-se, Matoso gritou:

— Você está é de olho nela. Se quiser pode levá-la, que eu já estou de saco cheio!

— Covarde, respeita tua mulher!

— Se você a quer, coloque todas as suas fichas sobre a mesa, ela será o prêmio.

— Você não pode apostar o que não possui.

— Posso sim, ela é minha mulher.

— Você não é dono dela, é apenas o companheiro. Vamos, Benvinda, vou levá-la para casa. Depois volto para apanhar meu dinheiro.

Benvinda, confusa, tentava se recuperar. Como um robô, pegou a bolsa e acompanhou-o com passos incertos. Sem olhar para trás, caminharam para a saída. Já atravessavam a rua em direção ao carro, quando ele sentiu um impacto nas costas e suas pernas se dobraram. Em câmara lenta, foi caindo meio de lado e ficou estendido no chão sobre uma poça de sangue.

Fortaleza, 2009.

"Sempre imaginando como atendê-lo melhor"
Avenida Santa Cruz, 636 * Realengo * RJ
Tels.: (21) 3335-5167 / 3335-6725
e-mail: comercial@graficaimaginacao.com.br